MANIFESTO ANTROPÓFAGO
E OUTROS ESCRITOS

MANIFESTO ANTROPÓFAGO
E OUTROS ESCRITOS

OSWALD DE ANDRADE

TAPIOCA
Literária

Copyright © Pioneira, 2025
Todos os direitos reservados.

PUBLISHER: José Carlos de Souza Júnior
OPERAÇÕES: Andréa Modanez
COORDENAÇÃO EDITORIAL E COTEJO: Nair Ferraz
CAPA E PROJETO GRÁFICO: Dimitry Uziel
REVISÃO: Tatiana Costa

Dados Internacionais de Catalogação na Publicação (CIP)
(Câmara Brasileira do Livro, SP, Brasil)

Andrade, Oswald de, 1890-1954
    Manifesto antropófago e outros escritos /
Oswad de Andrade. – 1. ed. – São Paulo:
Tapioca, 2025.

ISBN: 978-65-6044-133-0

1. Aforismos 2. Antropofagia (Movimento literário)
3. Literatura brasileira - Crítica e interpretação
4. Literatura brasileira - História e crítica I. Título

24-245831   CDD 869.909

Índices para catálogo sistemático:
1. Antropofagia : Movimento literário : Literatura
brasileira : História e crítica 869.909

Aline Graziele Benitez - Bibliotecária - CRB-1/3129

Todos os direitos reservados à Pioneira Editorial Ltda.
Estrada do Capuava, 1325 - Jardim São Vicente, Cotia
CEP 06713-630
contatoeditorial@pioneiraeditorial.com.br

SUMÁRIO

ESCOLAS & IDEIAS (NOTAS PARA UM POSSÍVEL PREFÁCIO) (1922)   7

MANIFESTO DA POESIA PAU-BRASIL (1924)   13
MANIFESTO ANTROPÓFAGO (1928)   25

OUTROS ESCRITOS   **41**

FALAÇÃO (1925)   43
ESQUEMA AO TRISTÃO DE ATHAYDE (1928)   49
PORQUE COMO (1929)   57
UMA ADESÃO QUE NÃO NOS INTERESSA (1929)   61
PRIMEIRO CONGRESSO BRASILEIRO DE ANTROPOFAGIA (1929)   67
ORDEM E PROGRESSO (1931)   71

FAC-SÍMILES   **77**

REFERÊNCIAS   **85**

CRONOLOGIA   **89**

≋

ESCOLAS & IDEIAS
NOTAS PARA UM POSSÍVEL PREFÁCIO
(1922)

∿∿∿

ESCOLAS & IDEIAS (NOTAS PARA UM POSSÍVEL PREFÁCIO)

Roger Avermaete em extensão. Toda arte realista, interpretativa, metafísica.

A única arte excelente – a que fixa a realidade em função transcendental.

O péssimo = a interpretação = Romantismo. Vejam o ruim de Shakespeare, o ruim de Balzac. Zola inteiro. José de Alencar inteiro. Coelho Neto inteiro.

O Eu instrumento não deve aparecer. Estabelecer a metafísica experimental. Tinham razão os bons naturalistas. À morte o Eu estorvo, o Eu embaraço, o Eu pêsames. Mal de Maupassant e de Flaubert – unilateralidade. Desconheceram o imperativo metafísico.

Os grandes – Cervantes, Dante, depois dos gregos que primeiro fixaram a realidade em função da eternidade = O SEGREDO.

Os gregos, depois dos profetas. Todos, precursores e futuristas, na mesma medida da Relação.

Derivou daí uma lei de escolha, fazendo entrar para artistas, mais gente.

Quem atingiu, atingiu. E selecionar nos enormes, nos gênios. Saber ver os que fizeram, na arte, como Aristóteles, como Thomas de Aquino, como Kant. Sempre na medida da Relação, na medida do Segredo. "Por cima de mim, o estrelado céu; a lei moral dentro de mim." Soma: Metafísica + Realidade = Luz. Licht, mehr Licht! A sugestão dos assuntos = toda a história do mundo = toda a história do Exílio = *A Divina Comédia, Fausto*.

A sugestão dos poemas definitivos – *O livro de Job, Prometeu, Édipo, Hamlet, A tempestade, Dom Quixote, Brand e Peer, As Flores do Mal*.

Benditos os que reagiram contra a Interpretação – Rimbaud, Lautréamont, Apollinaire e a Corja até Cendrars, Soffici, Ronald, Mário de Andrade, Manuel Bandeira, Luiz Aranha – "O Homem e a Morte", "Soror Dolorosa", Ribeiro Couto inédito e Serge. Antonio Ferro genial.

E Juan Gris, pelo processo, pelo "round", pela raiva provocada nos interpretadores de bois. Benditos, Brecheret, Malfatti, Di Cavalcanti. Avermaete, exato, descobrir. Pedro Álvares Cabral sem acaso.

ESCOLAS & IDEIAS (NOTAS PARA UM POSSÍVEL PREFÁCIO)

Definir mais ensinar, berrar. Três pinturas. Não só. Três maneiras de arte. Realista, Interpretativa, Metafísica. Fora a interpretação! Lei da Metafísica Experimental: Realizar o infinito.

Oswald de Andrade

MANIFESTO DA POESIA PAU-BRASIL
(1924)

~

MANIFESTO DA POESIA PAU-BRASIL

A Poesia existe nos fatos. Os casebres de açafrão e de acre nos verdes da Favela, sob o azul cabralino, são fatos estéticos.

O Carnaval no Rio é o acontecimento religioso da raça. Pau-Brasil. Wagner submerge ante os cordões de Botafogo. Bárbaro e nosso. A formação étnica rica. Riqueza vegetal. O minério. A cozinha. O vatapá, o ouro e a dança.

≈

Toda a história bandeirante e a história comercial do Brasil. O lado doutor, o lado citações, o lado autores conhecidos. Comovente. Rui Barbosa: uma cartola na Senegâmbia. Tudo revertendo em riqueza. A riqueza dos bailes e das frases feitas. Negras de jóquei. Odaliscas no Catumbi. Falar difícil.

≋

O lado doutor. Fatalidade do primeiro branco aportado e dominando politicamente as selvas selvagens. O bacharel.

Não podemos deixar de ser doutor. Doutores. País de dores anônimas, de doutores anônimos. O império foi assim.

Eruditamos tudo. Esquecemos o gavião de penacho.

A nunca exportação de poesia. A poesia anda oculta nos cipós maliciosos da sabedoria. Nas lianas das saudades universitárias.

≋

Mas houve um estouro nos aprendimentos. Os homens que sabiam tudo se deformaram como borrachas sopradas. Rebentaram.

A volta à especialização. Filósofos fazendo filosofia, críticos crítica, donas de casa tratando da cozinha.

A Poesia para os poetas. Alegria dos que não sabem e descobrem.

≋

Tinha havido a inversão de tudo, a invasão de tudo: o teatro de tese e a luta no palco entre morais e imorais.

A tese deve ser decidida em guerra de sociólogos, de homens de lei, gordos e dourados como Corpus Juris.
Ágil o teatro, filho do saltimbanco. Ágil e ilógico. Ágil o romance, nascido da invenção. Ágil a poesia.
A Poesia Pau-Brasil. Ágil e cândida. Como uma criança.

≈

Uma sugestão de Blaise Cendrars: – Tendes as locomotivas cheias, ides partir. Um negro gira a manivela do desvio rotativo em que estais. O menor descuido vos fará partir na direção oposta ao vosso destino.

≈

Contra o gabinetismo, a prática culta da vida. Engenheiros em vez de jurisconsultos, perdidos como chineses na genealogia das ideias.
A língua sem arcaísmos, sem erudição. Natural e neológica. A contribuição milionária de todos os erros. Como falamos. Como somos.

≈

Não há luta na terra de vocações acadêmicas. Há só fardas. Os futuristas e os outros.

Uma única luta – a luta pelo caminho. Dividamos: Poesia de importação. E a Poesia Pau-Brasil, de exportação.

≈

Houve um fenômeno de democratização estética nas cinco partes sábias do mundo. Instituíra-se o naturalismo. Copiar. Quadro de carneiros que não fosse lã mesmo, não prestava. A interpretação no dicionário oral das Escolas de Belas-Artes queria dizer reproduzir igualzinho… Veio a pirogravura. As meninas de todos os lares ficaram artistas. Apareceu a máquina fotográfica. E com todas as prerrogativas do cabelo grande, da caspa e da misteriosa genialidade de olho virado – o artista fotógrafo.

Na música, o piano invadiu as saletas nuas, de folhinha na parede. Todas as meninas ficaram pianistas. Surgiu o piano de manivela, piano de patas. A Pleyela. E a ironia eslava compôs para a Pleyela. Stravinski.

A estatuária andou atrás. As procissões saíram novinhas das fábricas.

Só não se inventou uma máquina de fazer versos – já havia o poeta parnasiano.

≈

Ora, a revolução indicou apenas que a arte voltava para as elites. E as elites começaram desmanchando. Duas fases:

1ª) A deformação através do impressionismo, a fragmentação, o caos voluntário. De Cézanne e Mallarmé, Rodin e Debussy até agora. 2ª) O lirismo, apresentação no templo, os materiais, a inocência construtiva.

O Brasil profiteur. O Brasil doutor. E a coincidência da primeira construção brasileira no movimento de reconstrução geral. Poesia Pau-Brasil.

≋

Como a época é miraculosa, as leis nasceram do próprio rotamento dinâmico dos fatores destrutivos.

A síntese

O equilíbrio

O acabamento de carrosserie

A invenção

A surpresa

Uma nova perspectiva

Uma nova escala.

≋

Qualquer esforço natural nesse sentido será bom. Poesia Pau-Brasil.

≋

O trabalho contra o detalhe naturalista – pela síntese; contra a morbidez romântica – pelo equilíbrio geômetra e pelo acabamento técnico; contra a cópia, pela invenção e pela surpresa.

≋

Uma nova perspectiva: A outra, a de Paolo Uccello, criou o naturalismo de apogeu. Era uma ilusão óptica. Os objetos distantes não diminuíam. Era uma lei de aparência. Ora, o momento é de reação à aparência. Reação à cópia. Substituir a perspectiva visual e naturalista por uma perspectiva de outra ordem: sentimental, intelectual, irônica, ingênua.

≋

Uma nova escala:

A outra, a de um mundo proporcionado e catalogado com letras nos livros, crianças nos colos. O reclame produzindo letras maiores que torres. E as novas formas da indústria, da viação, da aviação. Postes. Gasômetros. Rails. Laboratórios e oficinas técnicas. Vozes e tics de fios e ondas e fulgurações. Estrelas familiarizadas com negativos fotográficos. O correspondente da surpresa física em arte.

≋

A reação contra o assunto invasor, diverso da finalidade. A peça de tese era um arranjo monstruoso. O romance de ideias, uma mistura. O quadro histórico, uma aberração. A escultura eloquente, um pavor sem sentido.

Nossa época anuncia a volta ao *sentido puro*.

Um quadro são linhas e cores. A estatuária são volumes sob a luz.

A Poesia Pau-Brasil é uma sala de jantar domingueira, com passarinhos cantando na mata resumida das gaiolas, um sujeito magro compondo uma valsa para flauta e a Maricota lendo o jornal. No jornal anda todo o presente.

≋

Nenhuma fórmula para a contemporânea expressão do mundo. *Ver com olhos livres.*

≋

Temos a base dupla e presente – a floresta e a escola. A raça crédula e dualista e a geometria, a álgebra e a química logo depois da mamadeira e do chá de erva-doce. Um misto de "dorme nenê que o bicho vem pegá" e de equações.

Uma visão que bata nos cilindros dos moinhos, nas turbinas elétricas, nas usinas produtoras, nas questões cambiais, sem perder de vista o Museu Nacional. Pau-Brasil.

≈

Obuses de elevadores, cubos de arranha-céus e a sábia preguiça solar. A reza. O Carnaval. A energia íntima. O sabiá. A hospitalidade um pouco sensual, amorosa. A saudade dos pajés e os campos de aviação militar. Pau-Brasil.

≈

O trabalho da geração futurista foi ciclópico. Acertar o relógio império da literatura nacional.
Realizada essa etapa, o problema é outro. Ser regional e puro em sua época.

≈

O estado de inocência substituindo o estado de graça que pode ser uma atitude do espírito.

≈

O contrapeso da originalidade nativa para inutilizar a adesão acadêmica.

≈

A reação contra todas as indigestões de sabedoria. O melhor de nossa tradição lírica. O melhor de nossa demonstração moderna.

≋

Apenas brasileiros de nossa época. O necessário de química, de mecânica, de economia e de balística. Tudo digerido. Sem meeting cultural. Práticos. Experimentais. Poetas. Sem reminiscência heresia. Sem comparações de apoio. Sem pesquisa etimológica. Sem antologia.

≋

Bárbaros, crédulos, pitorescos e meigos. Leitores de jornais. Pau-Brasil. A floresta e a escola. O Museu Nacional. A cozinha, o minério e a dança. A vegetação. Pau-Brasil.

MANIFESTO ANTROPÓFAGO
(1928)

〰

Só a antropofagia nos une. Socialmente. Economicamente. Filosoficamente.

〜

Única lei do mundo. Expressão mascarada de todos os individualismos, de todos os coletivismos. De todas as religiões. De todos os tratados de paz.

〜

Tupi, or not tupi that is the question.

〜

Contra todas as catequeses. E contra a mãe dos Gracos.

≈

Só me interessa o que não é meu. Lei do homem. Lei do antropófago.

≈

Estamos fatigados de todos os maridos católicos suspeitosos postos em drama. Freud acabou com o enigma mulher e com outros sustos da psicologia impressa.

≈

O que atropelava a verdade era a roupa, o impermeável entre o mundo interior e o mundo exterior. A reação contra o homem vestido. O cinema americano informará.

≈

Filhos do sol, mãe dos viventes. Encontrados e amados ferozmente, com toda a hipocrisia da saudade, pelos imigrados, pelos traficados e pelos touristes. No país da cobra-grande.

≈

Foi porque nunca tivemos gramáticas, nem coleções de velhos vegetais. E nunca soubemos o que era urbano, suburbano, fronteiriço e continental. Preguiçosos no mapa-múndi do Brasil.

Uma consciência participante, uma rítmica religiosa.

≋

Contra todos os importadores de consciência enlatada. A existência palpável da vida. E a mentalidade pré-lógica para o Sr. Lévy-Bruhl estudar.

≋

Queremos a revolução Caraíba. Maior que a revolução Francesa. A unificação de todas as revoltas eficazes na direção do homem. Sem nós a Europa não teria sequer a sua pobre declaração dos direitos do homem.

A idade de ouro anunciada pela América. A idade de ouro. E todas as girls.

≋

Filiação. O contato com o Brasil Caraíba. *Où Villeganhon print terre*. Montaigne. O homem natural. Rousseau. Da

Revolução Francesa ao Romantismo, à Revolução Bolchevista, à Revolução surrealista e ao bárbaro tecnizado de Keyserling. Caminhamos.

〰

Nunca fomos catequizados. Vivemos através de um direito sonâmbulo. Fizemos Cristo nascer na Bahia. Ou em Belém do Pará.

〰

Mas nunca admitimos o nascimento da lógica entre nós.

〰

Contra o Padre Vieira. Autor do nosso primeiro empréstimo, para ganhar comissão. O rei analfabeto dissera-lhe: ponha isso no papel mas sem muita lábia. Fez-se o empréstimo. Gravou-se o açúcar brasileiro. Vieira deixou o dinheiro em Portugal e nos trouxe a lábia.

〰

O espírito recusa-se a conceber o espírito sem corpo. O antropomorfismo. Necessidade da vacina antropofágica.

Para o equilíbrio contra as religiões de meridiano. E as inquisições exteriores.

〰

Só podemos atender ao mundo oracular.

〰

Tínhamos a justiça codificação da vingança. A ciência codificação da Magia. Antropofagia. A transformação permanente do Tabu em totem.

〰

Contra o mundo reversível e as ideias objetivadas. Cadaverizadas. O stop do pensamento que é dinâmico. O indivíduo vítima do sistema. Fonte das injustiças clássicas. Das injustiças românticas. E o esquecimento das conquistas interiores.

〰

Roteiros. Roteiros. Roteiros. Roteiros. Roteiros. Roteiros. Roteiros.

O instinto Caraíba.

Morte e vida das hipóteses. Da equação **eu** parte do **Cosmos** ao axioma **Cosmos** parte do **eu**. Subsistência. Conhecimento. Antropofagia.

Contra as elites vegetais. Em comunicação com o solo.

Nunca fomos catequizados. Fizemos foi Carnaval. O índio vestido de senador do Império. Fingindo de Pitt. Ou figurando nas óperas de Alencar cheio de bons sentimentos portugueses.

Já tínhamos o comunismo. Já tínhamos a língua surrealista. A idade de ouro.

Catiti Catiti Imara Notiá Notiá Imara Ipeju

≈

A magia e a vida. Tínhamos a relação e a distribuição dos bens físicos, dos bens morais, dos bens dignários. E sabíamos transpor o mistério e a morte com o auxílio de algumas formas gramaticais.

≈

Perguntei a um homem o que era o Direito. Ele me respondeu que era a garantia do exercício da possibilidade. Esse homem chamava-se Galli Mathias. Comi-o.

≈

Só não há determinismo onde há mistério. Mas que temos nós com isso?

≈

Contra as histórias do homem, que começam no Cabo Finisterra. O mundo não datado. Não rubricado. Sem Napoleão. Sem César.

≈

A fixação do progresso por meio de catálogos e aparelhos de televisão. Só a maquinaria. E os transfusores de sangue.

≈

Contra as sublimações antagônicas. Trazidas nas caravelas.

≈

Contra a verdade dos povos missionários, definida pela sagacidade de um antropófago, o Visconde de Cairu: – É a mentira muitas vezes repetida.

≈

Mas não foram cruzados que vieram. Foram fugitivos de uma civilização que estamos comendo, porque somos fortes e vingativos como o Jabuti.

≈

Se Deus é a consciência do Universo Incriado, Guaraci é a mãe dos viventes. Jaci é a mãe dos vegetais.

≈

Não tivemos especulação. Mas tínhamos adivinhação. Tínhamos Política que é a ciência da distribuição. E um sistema social planetário.

≈

As migrações. A fuga dos estados tediosos. Contra as escleroses urbanas. Contra os Conservatórios, e o tédio especulativo.

≈

De William James a Voronoff. A transfiguração do Tabu em totem. Antropofagia.

≈

O pater familias e a criação da Moral da Cegonha: Ignorância real das coisas + falta de imaginação + sentimento de autoridade ante a pró-curiosa.

≈

É preciso partir de um profundo ateísmo para se chegar à ideia de Deus. Mas o caraíba não precisava. Porque tinha Guaraci.

O objetivo criado reage como os Anjos da Queda. Depois Moisés divaga. Que temos nós com isso?

Antes dos portugueses descobrirem o Brasil, o Brasil tinha descoberto a felicidade.

Contra o índio de tocheiro. O índio filho de Maria, afilhado de Catarina de Médicis e genro de D. Antônio de Mariz.

A alegria é a prova dos nove.

No matriarcado de Pindorama.

Contra a Memória fonte do costume. A experiência pessoal renovada.

≋

Somos concretistas. As ideias tomam conta, reagem, queimam gente nas praças públicas. Suprimamos as ideias e as outras paralisias. Pelos roteiros. Acreditar nos sinais, acreditar nos instrumentos e nas estrelas.

≋

Contra Goethe, a mãe dos Gracos, e a Corte de D. João VI.

≋

A alegria é a prova dos nove.

≋

A luta entre o que se chamaria Incriado e a Criatura – ilustrada pela contradição permanente do homem e o seu Tabu. O amor cotidiano e o modus vivendi capitalista. Antropofagia. Absorção do inimigo sacro. Para transformá-lo em totem. A humana aventura. A terrena finalidade. Porém, só as puras elites conseguiram realizar a antropofagia carnal, que traz em si o mais alto sentido da vida e evita todos os males identificados por Freud, males catequistas. O que se dá não é uma sublimação do instinto sexual. É a escala termométrica do instinto antropofágico. De carnal, ele se torna eletivo e cria a amizade. Afetivo, o amor. Especulativo, a ciência. Desvia-se e transfere-se. Chegamos ao aviltamento. A baixa antropofagia aglomerada nos pecados de catecismo – a inveja, a usura, a calúnia, o assassinato. Peste dos chamados povos cultos e cristianizados, é contra ela que estamos agindo. Antropófagos.

≈

Contra Anchieta cantando as onze mil virgens do céu, na terra de Iracema – o patriarca João Ramalho fundador de São Paulo.

≈

A nossa independência ainda não foi proclamada. Frase típica de D. João VI: – Meu filho, põe essa coroa na tua cabeça, antes que algum aventureiro o faça! Expulsamos a dinastia. É preciso expulsar o espírito bragantino, as ordenações e o rapé de Maria da Fonte.

≈

Contra a realidade social, vestida e opressora, cadastrada por Freud – a realidade sem complexos, sem loucura, sem prostituições e sem penitenciárias do matriarcado de Pindorama.

Em Piratininga.
Ano 374 da Deglutição do Bispo Sardinha.

≈

OUTROS
ESCRITOS

FALAÇÃO
(1925)

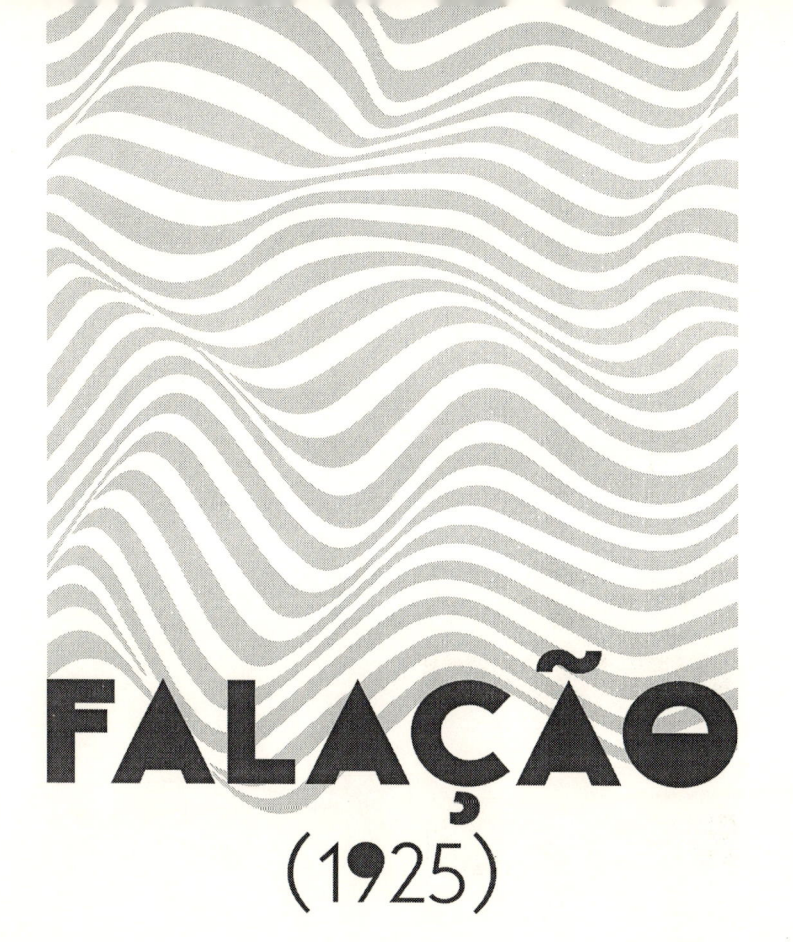

FALAÇÃO

O Cabralismo. A civilização dos donatários. A Querência e a Exportação.

O Carnaval. O Sertão e a Favela. Pau-Brasil. Bárbaro e nosso.

≈

A formação étnica rica. A riqueza vegetal. O minério. A cozinha. O vatapá, o ouro e a dança.

≈

Toda a história da Penetração e a história comercial da América. Pau-Brasil.

≈

Contra a fatalidade do primeiro branco aportado e dominando diplomaticamente as selvas selvagens. Citando Virgílio para os tupiniquins. O bacharel.

≈

País de dores anônimas. De doutores anônimos. Sociedade de náufragos eruditos.

Donde a nunca exportação de poesia. A poesia emaranhada na cultura. Nos cipós das metrificações.

≈

Século vinte. Um estouro nos aprendimentos. Os homens que sabiam tudo se deformaram como babéis de borracha. Rebentaram de enciclopedismo.

≈

A poesia para os poetas. Alegria da ignorância que descobre. Pedr'Álvares.

≈

Uma sugestão de Blaise Cendrars: Tendes as locomotivas cheias, ides partir. Um negro gira a manivela do desvio rotativo em que estais. O menor descuido vos fará partir na direção oposta ao vosso destino.

≈

Contra o gabinetismo, a palmilhação dos climas.

≈

A língua sem arcaísmos. Sem erudição. Natural e neológica. A contribuição milionária de todos os erros.

≈

Passara-se do naturalismo à pirogravura doméstica e à Kodak excursionista.

Todas as meninas prendadas. Virtuoses de piano de manivela.

As procissões saíram do bojo das fábricas.

Foi preciso desmanchar. A deformação através do impressionismo e do símbolo. O lirismo em folha. A apresentação dos materiais.

≈

A coincidência da primeira construção brasileira no movimento de reconstrução geral. Poesia Pau-Brasil.

≋

Contra a argúcia naturalista, a síntese. Contra a cópia, a invenção e a surpresa.

≋

Uma perspectiva de outra ordem que a visual. O correspondente ao milagre físico em arte. Estrelas fechadas nos negativos fotográficos.

≋

E a sábia preguiça solar. A reza. A energia silenciosa. A hospitalidade.

≋

Bárbaros, pitorescos e crédulos. Pau-Brasil. A floresta e a escola. A cozinha, o minério e a dança. A vegetação. Pau-Brasil.

ESQUEMA A0
TRISTÃO DE ATHAYDE
(1928)

≋

Saberá você que pelo desenvolvimento lógico de minha pesquisa, o Brasil é um grilo de seis milhões de quilômetros, talhado em Tordesilhas. Pelo que ainda o instinto antropofágico de nosso povo se prolonga até a seção livre dos jornais, ficando bem como símbolo de uma consciência jurídica nativa de um lado a lei das doze tábuas sobre uma caravela e do outro uma banana. Da mesma maneira nós todos com o padre Cícero à frente somos católicos romanos. Romanos por causa do centurião das procissões. Não foi inútil vermos de olhos de criança a via-láctea das semanas santas emparedadas com o soldado e a legião, atrás da cruz. O Cristianismo absorvemo-lo. Se não! Trazia dois graves argumentos. Jesus filho do totem e da tribo. O maior tranco da história no patriarcado! Chamar São José de patriarca é ironia. O patriarcado erigido pelo catolicismo com o espírito santo como totem, a anunciação etc. Dona Sebastiana vai pular de gana! Mas o fato é que há também a antropofagia trazida em pessoa na comunhão. Este é o meu corpo, *Hoc est corpus meum*. O Brasil índio não podia deixar de adotar um deus filho só da mãe que, além disso, satisfazia plenamente guias atávicas, Católicos romanos.

O fato do grilo histórico, (donde sairá, revendo-se o nomadismo anterior, a verídica legislação pátria) afirma como pedra do direito antropofágico o seguinte: A POSSE CONTRA A PROPRIEDADE. Como prova humana de que isso está certo é que nunca houve dúvida sobre a legítima aclamação de Casanova (a posse) contra Menelau (a propriedade). Isso nos Estados Unidos foi significado ainda ultimamente pela defesa de Rodolfo Valentino, produzida pela gravidade de Mencken. Tinha muito mais razão de ganhar dinheiro do que os sábios que vivem analisando escarros e tirando botões dos narizes dos bebês. Muito mais! Porque afinal é preciso se pesar a onda de gozo romântico que ele despejou sobre os milhões de vidas das senhoras dos caixas e dos burocratas. Isso é que é importante.

No Brasil chegamos à maravilha de criar o DIREITO COSTUMEIRO ANTI-TRADICIONAL. E quando a gente fala que o divórcio existe em Portugal desde 1910, respondem: – aqui não é preciso tratar dessas cogitações porque tem um juiz em Piracicapiassú que anula tudo quanto é casamento ruim. É só ir lá. Ou então, o Uruguai! Pronto! A Rússia pode ter equiparado a família natural à legal e suprimido a herança. Nós já fizemos tudo isso. Filho de padre só tem dado sorte entre nós. E quanto à herança, os filhos põem mesmo fora!

Ora, o que para mim, estraga o Ocidente, é a placenta jurídica em que se envolve o homem desde o ato de amor que, aliás, nada tem que ver com a concepção. Filhos do totem! Do Espírito Santo! Isso sim! Como aqui! Viva o Brasil!

Mas vamos a fatos. Saíram dois livros puramente antropofágicos. Mário escreveu a nossa Odisseia e criou duma tacapada o herói cíclico e por cinquenta anos o idioma poético nacional. Antônio de Alcântara Machado deu uma coisa tão gostosa e profunda como a seção livre do Estado.

NOTA –
A seção livre do Estado é o campo onde se debatem com tesouras D. Chiquinha Dell'Osso e D. Maria F. Brandão. A Grécia tinha as suas escolas de filosofia. Nós temos as de corte.

〜

Há homens, meu caro, no Brasil novo. Acabo de conhecer Edgard Sanches, lente de filosofia do direito na Faculdade da Bahia. Um homem fecundante. E estupendo. Outros são a mocidade de Martinelli e Outros Arranha-Céus. Daqui! Eduardo Pellegrini, Paulo Mendes e Américo Portugal. E Raul Bopp? É um colosso! A ele devo imenso! A rede telegráfica mais possante da verdade brasileira. Eis um trecho de carta sua a propósito da fundação que ora tentamos de um Clube de Antropofagia e de uma grande festa que proponho para a véspera de 12 de outubro. É uma carta a Jurandyr Manfredini, de Curitiba, publicada a 2 de setembro na *Gazeta do Povo*, dali. Depois de detalhar os argumentos do grilo – base do direito pátrio ei-lo que diz:

"Comemos o resto do Território. Aí está a lição do nosso Direito. Devemos nos plasmar nessas origens históricas.

Revisão da religião. O nosso povo tem um temperamento supersticioso, religioso. Não contrariemos. Vamos criar a santoral brasileira: Nossa Senhora das Cobras, Santo Antônio das Moças Tristes, tudo isso... Admitir a macumba e a missa do galo. Tudo no fundo é a mesma coisa. O instinto acima de tudo. O índio como expressão máxima. Educação de selva. Sensibilidade aprendendo com a terra. O Amor natural fora da civilização, aparatosa e polpuda. Índio simples: instintivo. (Só comia o forte).

É a comunhão adotada por todas as religiões. O índio comungava a carne viva, real. O catolicismo instituiu a mesma coisa, porém acovardou-se, mascarando o nosso símbolo. Veja só que vigor: – Lá vem a nossa comida pulando! E a "comida" dizia: come essa carne porque vai sentir nela o gosto do sangue dos teus antepassados.

(Só comiam os fortes). Hans Staden salvou-se porque chorou. O Clube de Antropofagia quer agregar todos os elementos sérios. Precisamos rever tudo – o idioma, o direito de propriedade, a família, a necessidade do divórcio –, escrever como se fala, sinceridade máxima.

(O *Macunaíma* é a maior obra nacional. Você precisa ler. Macunaíma em estado de ebulição. Depois isso coa-se. Toma festim moderado, com saldo a favor). Vamos fazer um levantamento topográfico da moral brasileira, a funda sexualidade do nosso povo. Vamos rever a história, daqui e da Europa. Festejar o dia 11 de outubro, o último dia da América livre, pura, descolombizada, encantada e bravia."

Quanto ao equívoco de se pensar que eu quero é a tanga, afirmo e provarei que todo progresso real humano é patrimônio do homem antropofágico (Galileu, Fulton etc). De resto, Bernard Shaw já disse: Está mais próximo do homem natural quem come caviar com gosto de que quem se abstém de álcool por princípio. É isso!

≈

PORQUE COMO
(1929)

(O índio é que era são. O índio é que era homem. O índio é que é o nosso modelo).

O índio não tinha polícia, não tinha recalcamentos, nem moléstias nervosas, nem delegacia de ordem social, nem vergonha de ficar pelado, nem luta de classes, nem tráfico de brancas, nem Rui Barbosa, nem voto secreto, nem se ufanava do Brasil, nem era aristocrata, nem burguês, nem classe baixa.

Por que será?

O índio não era monógamo, nem queria saber quais eram seus filhos legítimos, nem achava que a família era a pedra angular da sociedade.

Por que será?

Depois que veio a gente de fora (por quê?) gente tão diferente (por que será?) tudo mudou, tudo ficou estragado. Não tanto no começo, mas foi ficando, foi ficando. Agora é que está pior.

〰

Então chegou a vez da "descida antropofágica". Vamos comer tudo de novo.

MARXILLAR

UMA ADESÃO QUE NÃO NOS INTERESSA
(1929)

≋

Lemos há dias um angu de estilo que publicou o chamado grupo verde-amarelo, agora assinado por duas testemunhas.

Esses rapazes viram que a Antropofagia é invencível. Resolveram então aderir, mas de uma maneira sinuosa e assustada, querendo o índio anedótico, traduzido de Chateaubriand e minuciosamente inexistente. É que eles aprenderam mal as lições de Raul Bopp.

Antropofagia é simplesmente a ida (não o regresso) ao homem natural, anunciada por todas as correntes da cultura contemporânea e garantida pela emoção muscular de uma época maravilhosa – a nossa!

O homem natural que nós queremos pode tranquilamente ser branco, andar de casaca e de avião. Como também pode ser preto e até índio. Por isso o chamamos de "antropófago" e não tolamente de "tupi" ou "pareci". Nem queremos inutilizar a nossa ofensiva com oleogravuras de tanga nem besteiras de bodoque. Isso pode figurar como elemento decorativo e sensacional da nossa descida; sem dúvida, gostosamente nos reportamos à época em que, no acaso deste continente, o homem realizava no homem, a operação central do seu destino – a devoração direta do inimigo valoroso (transformação do Tabu em Totem). Mas não será por termos feito essa descoberta, que vamos renunciar a qualquer conquista material do planeta como o caviar e a vitrola, o gás asfixiante e a metafísica. Não! Nem queremos como os graves meninos do verde-amarelo restaurar coisas que perderam o sentido – a anta e a senhora burguesa, o soneto e a Academia.

O que louvamos nesses cinco abnegados dedinhos da mão negra conservadora é uma coragem – a de se declararem sustentáculos de um ciclo social que desmorona por todos os lados e grilos de um passado intelectual e moral que nem na Itália está mais em voga! Pândegos!

Essa gente ignora verdades primárias – por exemplo que, se o Fascismo tem alguma vitalidade é porque na realidade não pretende restaurar grande coisa do passado vencido. O professor Vicente Rao está aí afirmando na Faculdade de Direito que a carta de trabalho fascista é uma cópia da organização soviética. E é preciso um possante tracoma para não se ver Mussolini dando as últimas tacapadas na tiara agonizante do papado.

Os verde-amarelos daqui querem o gibão e a escravatura moral, a colonização do europeu arrogante e idiota e no meio disso tudo o guarani de Alencar dançando valsa. Uma adesão como essa não nos serve de nada, pois o "antropófago" não é índio de rótulo de garrafa. Evitemos essa confusão de uma vez para sempre! Queremos o antropófago de Knicker-bockers e não o índio de ópera.

Se quiserem aderir mesmo, estudem primeiro. Abandonem essa "ausência do universo" que nós acreditávamos fosse o cândido patrimônio dos srs. Dacio de Moraes, Cristiano das Neves e R. do Couto, mas que agora explica as bobagens em tom de coalhada que enchem o referido manifesto.

Entre os cinco versáteis, há um que estuda e queima as severas pestanas na luz importada de todas as sabedorias.

Mas infelizmente, do grupo, quatro não acreditam num que vale quatro e este um acredita na inteligência de quatro que não vale nada. Confusionismo típico. Consequências do herbivorismo que, no manifesto, distraidamente eles defendem.

PORONOMINARE.

≈

PRIMEIRO CONGRESSO BRASILEIRO DE ANTROPOFAGIA
(1929)

Algumas teses antropofágicas

Tarsila do Amaral e Oswald de Andrade, mais alguns modernistas, entre eles Pagu, Anita Malfatti, Waldemar Belisário, que seguiram anteontem pelo trem azul, para o Rio, vão fazer agora, ali, com Álvaro Moreyra, Hannibal Machado, Clóvis de Gusmão, Jorge de Lima, Júlio Paternostro, Sinhô, Jurandyr Manfredini, o pintor Cícero Dias e o jurisconsulto Pontes de Miranda, a maquete do Primeiro Congresso Brasileiro de Antropofagia, a se reunir em fins de setembro, naquela capital. Dentre as teses que o Clube dos Antropófagos de São Paulo submeterá à discussão do Congresso se contam as seguintes, que ele mais tarde enviará em mensagem ao Senado e à Câmara, solicitando algumas reformas da nossa legislação civil e penal e na nossa organização político-social. Essas teses não representam, porém, senão um aspecto do pensamento antropofágico e se resumem no seguinte do decálogo:

    I – Divórcio.
   II – Maternidade consciente.
  III – Impunidade do homicídio piedoso.
  IV – Sentença indeterminada. Adaptação da pena ao delinquente.
   V – Abolição do título morto.
  VI – Organização tribal do Estado. Representação por classes. Divisão do país em populações técnicas. Substituição do Senado e Câmara por um Conselho Técnico de Consulta do Poder Executivo.
 VII – Arbitramento individual em todas as questões de direito privado.
VIII – Nacionalização da imprensa.
  IX – Supressão das academias e sua substituição por laboratórios de pesquisas.

(Outras teses serão posteriormente incluídas).

ORDEM E PROGRESSO
(1931)

≈

Não temos generais nem profetas. Somos a opinião livre mas bem-informada.

Sabemos nos colocar no espaço-tempo.

Sabemos que existe em São Paulo uma corrente separatista que prefere a ocupação estrangeira à evolução do Brasil na direção do estouro do mundo pela guerra e pela revolução social.

Sabemos que nas fronteiras do Sul existe um grande chefe capaz de criar uma aventura de caráter romântico popular.

Sabemos que o partido comunista, auxiliado pelos fatos, prepara as massas das oficinas e dos campos, enquanto a resistência Kulak se forma na dissolvência natural dos latifúndios. Nesse setor o determinismo histórico se biparte e defronta.

Sabemos que há místicos estômagos vazios no Nordeste, cavadores ao Sul, indiferentes a Oeste, canhões imperialistas no nosso mar.

Sabemos que existe a ala canhota no mundo e aqui. Nela se encartam os que acreditando ser da esquerda, não passam de direitistas confusos.

Entre uns e outros nos colocamos com uma imensa e clara simpatia pelas reivindicações da nossa gente explorada.

Nosso programa é simples – basta entrarmos na nossa bandeira. Dar vida, força e sentido a um lema que até ontem parecia vazio e irônico – ORDEM E PROGRESSO. Milagre das ideias chamadas subversivas!

Queremos a revolução nacional como etapa da harmonia planetária que nos promete a era da máquina.

Contra os grandes trusts parasitários que vivem do nosso banho turco de povo lavrador. Queremos a revolução técnica e portanto a eficiência americana. Admiramos a Rússia atual, pois desordenados ainda, temos que respeitar as casas com escrita. Combateremos pois ao lado da racionalização econômica e contra a cabra-cega da produção capitalista. Ordem econômica, progresso técnico e social. Em 1923, a Rússia tinha um déficit de perto de 6 milhões de rublos na sua metalurgia, enquanto prosperavam espantosamente as brasseries e os pequenos bars. Em qualquer país capitalista, orientado pelas forças cegas do mercado e pela ganância anárquica da oferta e da procura, os bars teriam prosperado como o café aqui sob a operosa vigilância dos srs. Lazard Brothers e teria perecido a metalurgia.

Mas na Pátria de Lenine deu-se o contrário. Nunca houve superprodução de casas de pasto e a metalurgia que a princípio foi subsidiada, centraliza hoje os maravilhosos resultados do plano quinquenal.

Aqui, os capitais estrangeiros deformaram estranhamente a nossa economia.

Dum país que possui a maior reserva de ferro e o mais alto potencial hidráulico, fizeram um país de sobremesa. Café, açúcar, fumo, bananas.

Que nos sobrem ao menos as bananas!

Os capitais estrangeiros compraram as nossas quedas-d'água e criaram um sórdido e meigo urbanismo colonial que passou a ser o que eles queriam – um dos melhores mercados para os seus produtos e chocalhos.

Sendo assim, o ouro entra pelo café e sai pelo escapamento dos automóveis. Gastamos trezentos mil contos por ano em pneumáticos, gasolina ou coisa parecida. E a Amazônia da borracha e a baixada do álcool-motor perecem.

A nossa capacidade interna de consumo para o café (40 milhões de habitantes) seria normalmente de 5 milhões de sacas por ano. Mas quem foi que disse que o paulista ou qualquer outro litorâneo rico jamais se incomodou senão liricamente com as populações esfomeadas do Nordeste ou com os escravos recentes de Mister Ford? Protegemos o sal da Espanha contra a produção das salinas do Rio Grande do Norte. Comemos maçã da Califórnia, bacalhau e sardinha mas mantemos no mais aviltante dos níveis baixos o produtor das melhores frutas do mundo e o pescador do farto peixe dos nossos rios e do nosso mar. Se não compramos nada dos outros Estados, é mais que lógico que estejamos engasgados com 22 milhões de sacas de café, inclusive a pedra!

No bonde em que entramos, no cinema onde vamos, no pão que comemos, pomos sorrindo o óbulo generoso de mais de 50% para os pobrezinhos estrangeiros que ajudaram a criar a nossa grandeza.

É essa a situação do Brasil, onde O HOMEM DO POVO se situa para dizer o que sofre, o que pensa e o que quer.

FAC-SÍMILES

≈≈≈

15

ESCOLAS & IDÉAS

(Notas para um possivel prefacio)

Roger Avermaete em extensão. Toda arte realista, interpretativa, metaphysica.

A unica arte excellente — a que fixa a realidade em funcção transcendental.

O pessimo = a interpretação = Romantismo. Vejam o ruim de Shakespeare, o ruim de Balzac. Zola inteiro. José de Alencar inteiro. Coelho Netto inteiro.

O Eu instrumento não deve apparecer. Estabelecer a metaphysica experimental. Tinham razão os bons naturalistas. A' morte o Eu estorvo, o Eu embaraço, o Eu pezames. Mal de Maupassant e de Flaubert — unilateralidade. Desconheceram o imperativo metaphysico.

Os grandes — Cervantes, Dante, depois dos gregos que primeiro fixaram a realidade em funcção da eternidade = O SEGREDO.

Os gregos, depois dos prophetas. Todos, precursores e futuristas, na mesma medida da Relação.

Derivou d'ahi uma lei de escolha, fazendo entrar para artistas, mais gente.

Quem attingiu, attingiu. E seleccionar nos enormes, nos genios. Saber ver os que fizeram, na arte, como Aristoteles, como Thomas de Aquino, como Kant. Sempre na medida da Relação, na medida do Segredo. "Por cima de mim, o estrellado ceu; a lei moral dentro de mim." Somma: Methaphysica + Realidade = Luz. Licht, mehr Licht! A suggestão dos assumptos = toda a historia do mundo = toda a historia do Exillo = A Divina Comedia, Fausto.

A suggestão dos poemas definitivos — O livro de Job, Prometheu, Edipo, Hamlet, A tempestade, Dom Quichotte, Brand e Peer, As Flores do Mal.

Bemdictos os que reagiram contra a Interpretação — Rimbaud, Lautréamont, Apollinaire e a Corja até Cendrars, Soffici, Renault, Mario de Andrade, Manuel Bandeira, Luiz Aranha — "O Homem e A Morte", "Soror Dolorosa", Ribeiro Couto inedito e Serge. Antonio Ferro genial.

E Juan Gris, pelo processo, pelo "round", pela raiva provocada nos interpretadores de bois. Bemdictos, Brecheret, Malfatti, Di Cavalcanti. Avermaete, exacto, descobrir. Pedro Alvares Cabral sem acaso.

Definir mais ensinar, barrar. Tres pinturas. Não só. Tres maneiras de arte. Realista, Interpretativa, Metaphysica. Fóra a interpretação! Lei da Metaphysica Experimental: Realisar o infinito.

OSWALD DE ANDRADE.

LIVROS & REVISTAS

"A Mulher que peccou" — por Menotti del Picchia — Editores: Monteiro Lobato & Cia. — S. Paulo.

Mais um livro do nosso admiravel colaborador. KLAXON é parco de elogios. O novo livro de Menotti del Picchia assim julgamos: Dos milhores da literatura brasileira.

A figura de Nora é uma figura humana. Move-se como poucas outras da ficção nacional. Geralmente, tem-se a impressão, ao ler romances nacionais, que as personagens são percebidas por nós por um binóculo em que se olha ás avessas. Nós vemos Nora. Sentimo-la. Agora mesmo sentou-se a meu lado. Menotti del Picchia é um criador.

Como lingua: virilidade, expressão, beleza. Imagens luxuriantes. Repetições. Adjectivação sugestiva. Descripções magnificas. Poesia. Eis uma página genial:

"O crepusculo ardia, phosphoreo, no occidente. Como uma theoria processional de phantasticos trapistas, nuvens enormes acompanhavam á cova do poente, o cadaver do sol. Havia uma extranha pompa fúnebre, no alto, como no enterro dum deus. Da outra banda do ceu, a noite, que subia, ganhava o zenith cor de cobre. Estendia, morosa, a tapeçaria macabra da treva, pregando-a com taxas de estrellas, como se armasse uma gigantesca camara ardente. E vinha uma lua muito triste chorar na sua noite de luto..." Menotti del Picchia é um artista.

M. A.

Renato Almeida — "Fausto" — Edição do Annuário do Brasil.

Renato Almeida com este "Ensaio sobre o Problema do Sêr", fortalece a alta posição que lhe cabe entre os moços do Brasil Novo. Grande erudição. Linguagem nitida. Clareza de conceitos. Estuda a finalidade humana, relaciona a nossa dependencia para com o Supremo Motor, prégando a redempção pela fé. Paira sobre a energia da sua demonstração, tal sôpro de sentimento e de piedade, que lhe faz da obra, sobre scientifica, immensamente lírica. E' preciso ler Renato Almeida.

Farias Brito... Jackson de Figueiredo... Renato Almeida...

Está chegando o dia em que o Brasil, em vez de celebrar centenários de fantasmas, proclamará a sua Independencia.

V. L.

klaxon

MANIFESTO ANTROPOFAGO

Só a antropofagia nos une. Socialmente. Economicamente. Philosophicamente.

Unica lei do mundo. Expressão mascarada de todos os individualismos, de todos os collectivismo. De todas as religiões. De todos os tratados de paz.

Tupy, or not tupy that is the question.

Contra todas as cathecheses. E contra a mãe dos Gracchos.

Só me interessa o que não é meu. Lei do homem. Lei do antropofago.

Estamos fatigados de todos os maridos catholicos suspeitosos postos em drama. Freud acabou com o enigma mulher e com outros sustos da psychologia impressa.

O que atropelava a verdade era a roupa, o impermeavel entre o mundo interior e o mundo exterior. A reacção contra o homem vestido. O cinema americano informará.

Filhos do sol, mãe dos viventes. Encontrados e amados ferozmente, com toda a hypocrisia da saudade, pelos immigrados, pelos traficados e pelos touristes. No paiz da cobra grande.

Foi porque nunca tivemos grammaticas, nem collecções de velhos vegetaes. E nunca soubemos o que era urbano, suburbano, fronteiriço e continental. Preguiçosos no mappa mundi do Brasil.

Uma consciencia participante, uma rythmica religiosa.

Contra todos os importadores de consciencia enlatada. A existencia palpavel da vida. E a mentalidade prelogica para o Sr. Levy Bruhl estudar.

Queremos a revolução Carahiba. Maior que a revolução Franceza. A unificação de todas as revoltas efficazes na direcção do homem. Sem nós a Europa não teria siquer a sua pobre declaração dos direitos do homem.

A edade de ouro annunciada pela America. A edade de ouro. E todas as girls.

Filiação. O contacto com o Brasil Carahiba. Oú Villeganhon print terre. Montaigne. O homem natural. Rousseau. Da Revolução Franceza ao Romantismo, à Revolução Bolchevista, á Revolução surrealista e ao barbaro technizado de Keyserling. Caminhamos.

Nunca fomos cathechisados. Vivemos atravez de um direito sonambulo. Fizemos Christo nascer na Bahia. Ou em Belem do Pará.

Mas nunca admittimos o nascimento da logica entre nós.

Contra o Padre Vieira. Autor do nosso primeiro emprestimo, para ganhar commissão. O rei analphabeto dissera-lhe: ponha isso no papel mas sem muita labia. Fez-se o emprestimo. Gravou-se o assucar brasileiro. Vieira deixou o dinheiro em Portugal e nos trouxe a labia,

O espirito recusa-se a conceber o espirito sem corpo. O antropomorfismo. Necessidade da vaccina antropofagica. Para o equilibrio contra as religiões de meridiano. E as inquisições exteriores.

Só podemos attender ao mundo orecular.

Tinhamos a justiça codificação da vingança. A sciencia codificação da Magia. Antropofagia. A transformação permanente do Tabú em totem.

Contra o mundo reversivel e as idéas objectivadas. Cadaverizadas. O stop do pensamento que é dynamico. O individuo victima do systema. Fonte das injustiças classicas. Das injustiças romanticas. E o esquecimento das conquistas interiores.

Roteiros. Roteiros. Roteiros. Roteiros. Roteiros. Roteiros. Roteiros.

O instincto Carahiba.

Morte e vida das hypotheses. Da equação eu parte do Kosmos ao axioma Kosmos parte do eu. Subsistencia. Conhecimento. Antropofagia.

Contra as elites vegetaes. Em communicação com o sólo.

Nunca fomos cathechisados. Fizemos foi Carnaval. O indio vestido de senador do Imperio. Fingindo de Pitt. Ou figurando nas operas de Alencar cheio de bons sentimentos portuguezes.

Já tinhamos o communismo. Já tinhamos a lingua surrealista. A edade de ouro.
Catiti Catiti
Imara Notiá
Notiá Imara
Ipejú.

A magia e a vida. Tinhamos a relação e a distribuição dos bens physicos, dos bens moraes, dos bens dignarios. E sabiamos transpor o mysterio e a morte com o auxilio de algumas formas grammaticaes.

Perguntei a um homem o que era o Direito. Elle me respondeu que era a garantia do exercicio da possibilidade. Esse homem chamava-se Galli Mathias. Comi-o

Só não ha determinismo - onde ha misterio. Mas que temos nós com isso?

Continua na Pagina 7

Desenho de Tarsila 1928 — De um quadro que figurará na sua proxima exposição de Junho na galeria Percier, em Paris.

Manifesto Antropofago

Contra as historias do homem, que começam no Cabo Finisterra. O mundo não datado. Não rubricado. Sem Napoleão. Sem Cesar.

A fixação do progresso por meio de catalogos e apparelhos de televisão. Só a maquinária. E os transfusores de sangue.

Contra as sublimações antagonicas. Trazidas nas caravellas.

Contra a verdade dos povos missionarios, definida pela sagacidade de um antropofago, o Visconde de Cayrú: — É a mentira muitas vezes repetida.

Mas não foram cruzados que vieram. Foram fugitivos de uma civilização que estamos comendo, porque somos fortes e vingativos como o Jaboty.

Se Deus é a consciencia do Universo Increado, Guaracy é a mãe dos viventes. Jacy é a mãe dos vegetaes.

Não tivemos especulação. Mas tinhamos adivinhação. Tinhamos Politica que é a sciencia da distribuição. E um systema social planetario.

As migrações. A fuga dos estados tediosos. Contra as escleroses urbanas. Contra os Conservatorios, e o tedio especulativo.

De William James a Voronoff. A transfiguração do Tabú em totem. Antropofagia.

O pater familias e a creação da Moral da Cegonha: Ignorancia real das coisas+falta de imaginação+sentimento de authoridade ante a procuriosa.

E' preciso partir de um profundo atheismo para se chegar á idéa de Deus. Mas o carahiba não precisava. Porque tinha Guaracy.

O objectivo creado reage como os Anjos da Queda. Depois Moysés divaga. Que temos nós com isso?

Antes dos portuguezes descobrirem o Brasil, o Brasil tinha descoberto a felicidade.

Contra o indio de tocheiro. O indio filho de Maria, afilhado de Catharina de Medicis e genro de D. Antonio de Mariz.

A alegria é a prova dos nove.

No matriarcado de Pindorama.

Contra a Memoria fonte do costume. A experiencia pessoal renovada.

Somos concretistas. As idéas tomam conta, reagem, queimam gente nas praças publicas. Suprimamos as idéas e as outras paralysias. Pelos roteiros. Acreditar nos signaes, acreditar nos instrumentos e nas estrellas.

Contra Goethe, a mãe dos Gracchos, e a Côrte de D. João VI°.

A alegria é a prova dos nove.

A lucta entre o que se chamaria Increado e a Creatura-illustrada pela contradição permanente do homem e o seu Tabú. O amor quotidiano e o modus-vivendi capitalista. Antropofagia. Absorpção do inimigo sacro. Para transformal-o em totem. A humana aventura. A terrena finalidade. Porém, só as puras elites conseguiram realisar a antropofagia carnal, que traz em si o mais alto sentido da vida e evita todos os males identificados por Freud, males cathechistas. O que se dá não é uma sublimação do instincto sexual. E' a escala thermometrica do instincto antropofagico. De carnal, elle se torna electivo e cria a amizade. Affectivo, o amor. Especulativo, a sciencia. Desvia-se e transfere-se. Chegamos ao avitamento. A baixa antropofagia agglomerada nos peccados de cathecismo — a inveja, a usura, a calumnia, o assassinato. Peste dos chamados povos cultos e christianisados, é contra ella que estamos agindo. Antropofagos.

Contra Anchieta cantando as onze mil virgens do céo, na terra de Iracema — o patriarcha João Ramalho fundador de São Paulo.

A nossa independencia ainda não foi proclamada. Frase typica de D. João VI°: — Meu filho, põe essa coroa na tua cabeça, antes que algum aventureiro o faça! Expulsamos a dynastia. E' preciso expulsar o espirito bragantino, as ordenações e o rapé de Maria da Fonte.

Contra a realidade social, vestida e oppressora, cadastrada por Freud — a realidade sem complexos, sem loucura, sem prostituições e sem penitenciarias do matriarcado de Pindorama.

OSWALD DE ANDRADE.

Em Piratininga.
Anno 374 da Deglutição do Bispo Sardinha.

BRASILIANA

RAÇA

De uma correspondencia de Sarutayá (Est. de S. Paulo) para o **Correio Paulistano**, n. de 15-1-927:
O Sr. Abrahão José Pedro offereceu aos seus amigos um lauto jantar commemorando o anniversario de seu filhinho José e baptizado do pequeno Fuad, que nessa data foi levado á pia baptismal. Foram padrinhos o sr. Rachide Mustafa e sua esposa d. Jorgina Mustafa.
O Sr. Paschoalino Verdi proferiu um discurso de saudação.

POLITICA

Da mesma correspondencia:
O Sr. Rachid Abdalla Mustafa, escrivão de paz, muito tem trabalhado para augmentar o numero de eleitores.

DEMOCRACIA

Telegramma de Fortaleza (AB):
A bordo do "Itussussê" passou por este porto com destino ao norte, S. A. D. Pedro de Orleans e Bragança, acompanhado de sua esposa e filho.
S. A. desembarcou, visitando na Praça Caio Prado a estatua de Pedro II. O povo acclamou com enthusiasmo o principe. A officialidade do 23.° B. C. e a banda de musica cercada de enorme multidão, aguardou a chegada de S. A. naquella praça.
Compacta massa, acompanhou os distinctos viajantes até a praça do Ferreira, onde o tribuno Quintino Cunha fez uma enthusiastica saudação em nome da população.
Na volta para bordo, um preto catraeiro, de nome Vicente Fonseca, destacando-se da multidão abraçou o principe dizendo:
"Fique sabendo que as opiniões mudaram mas os corações são os mesmos".

RELIGIÃO

Telegramma de Porto Alegre para a **Gazeta** de S. Paulo n. de 22-3-927:
Vindo de S. Paulo chegou a esta capital o sr. Sebastião da Silva, que fez o raide daquelle (Estado ao nosso, a pé, tendo partido dalli em outubro.
O "raidman" tomou essa resolução em virtude de uma promessa feita a Virgem Maria, para que terminasse a revolução no Brasil. Quando se achava proximo a esta Capital, teve conhecimento do termino da lucta, proseguindo até aqui, afim de cumprir a sua promessa.
Sebastião Antonio da Silva conta actualmente 35 annos de edade.

NECROLÓGIO

De um discurso do professor João Marinho na Academia Nacional de Medicina do Rio de Janeiro (**Estado de S. Paulo**, n. de 3-8-921):
O dr. Daniel de Oliveira Barros e Almeida nasceu num dia e morreu em outro, de doença de quem trabalha, coração cançado antes de tempo.
Entre os dois, corren-lhe a vida.

SURPRESA

Telegramma de Curityba para a **Folha da Noite** de S. Paulo, n. de 2-11-927:
Informam de Imbituba que o individuo Juvenal Manuel do Nascimento, ex-agente do correio, reuniu em sua casa todos os amigos e parentes sob o pretexto de fazer uma festa. Durante o almoço, Juvenal mostrou-se alegre e, ao terminar a festa foi ao seu quarto, do qual trouxe um embrulho contendo uma dynamite, dizendo que ia proporcionar a todos uma surpresa.
Todos estavam attentos e esperando a surpresa quando, com espanto geral, o dono da casa approximou um cigarro acceso do embrulho que explodiu, matando Juvenal e ferindo gravemente sua esposa e todas as pessoas que haviam assistido ao convite fatal.

SCHEMA AO TRISTÃO DE ATHAYDE

Oswald de Andrade

Saberá você que pelo desenvolvimento logico de minha pesquiza, o Brasil é um grilo de seis milhões de kilometros, talhado em Tordesilhas. Pelo que ainda o instincto antropofagico de nosso povo se prolonga até a secção livre dos jornaes, ficando bem como symbolo de uma consciencia juridica nativa de um lado a lei das dozes taboas sobre uma caravella e, do outro uma banana. Da mesma maneira nós todos com o padre Cicero á frente somos catholicos romanos. Romanos por causa do centurião das procissões. Não foi inutil vermos de olhos de creança a via-lactea das semanas santas emparedadas com o soldado e a legião, airaz da cruz. O Christianismo absorvemol-o. Se não! Trazia dois graves argumentos. Jesus filho do totem e da tribu. O maior tranco da historia no patriarcado! Chamar São José de patriarca é ironia. O patriarcado erigido pelo catolicismo com o espiritosanto como totem, a annunciação etc. Dona Sebastiana vae pular de gana! Mas o facto é que ha tambem a antropofagia trazida em pessoa na communhão. Este é o meu corpo, Hoc est corpus meum. O Brasil indio não podia deixar de adoptar um deus filho só da mãe que, além disso, satisfazia plenamente gulas ataviclas. Catolicos romanos.

O facto do grilo historico, (donde sahirá, revendo-se o nomadismo anterior, a veridica legislação patria) affirma como pedra do direito antropofagico o seguinte: A POSSE CONTRA A PROPRIEDADE. Como prova humana de que isso está certo é que nunca houve duvida sobre a legitima acclamação de Casanova (a posse) contra Menelau (a propriedade). Isso nos Estados Unidos foi significado ainda ultimamente pela defeza de Rodolpho Valentino, produzida pela gravidade de Mencken. Tinha muito mais razão de ganhar dinheiro do que os sabios que vivem analysando escarros e tirando botões dos narizes dos bebês. Muito mais! Porque afinal é preciso se pesar a onda de gozo romantico que elle despejou sobre os milhões de vidas das senhoras dos caixas e dos burocratas. Isso é que é importante.

No Brasil chegámos á maravilha de crear o DIREITO COSTUMEIRO ANTI-TRADICIONAL. E quando a gente fala que o divorcio existe em Portugal desde 1910, respondem: — aqui não é preciso tratar dessas cogitações porque tem um juiz em Piracicapiassú que anulla tudo quanto é casamento ruim. E' só ir lá. Ou então, o Uruguay! Prompto! A Russia póde ter equiparado a familia natural á legal e, supprimido a herança. Nós já fizemos tudo isso. Filho de padre só tem dado sorte entre nós. E quanto á herança, os filhos poem mesmo fóra!

Ora, o que para mim, estraga o. Occidente, é a placenta juridica em que se envolve o homem desde o acto de amor que, alias, nada tem que ver com a concepção. Filhos do totem! Do Espirito Santo! Isso sim! Como aqui! Viva o Brasil!

Mas vamos a factos. Sahiram dois livros puramente antropofagicos. Mario escreveu a nossa Odyssea e creou numa incapuda o heroe cyclico e por cincoenta annos o idioma poetico nacional. Antonio de Alcantara Machado deu uma cousa tão gostosa é profunda como a secção livre do Estado.

NOTA —

A secção livre do Estado é o campo onde se debatem com tesouras D. Chiquinha Dell'Osso e D. Maria F. Brandão. A Grecia tinha as suas escolas de philosophia. Nós temos as de côrte.

Ha homens, meu caro, no Brasil novo. Acabo de conhecer Edgard Sanches, lente de philosophia do direito na Faculdade da Bahia. Um homem fecundante. E estupendo. Outros são a mocidade de Martinelli e Outros Arrarinha Géos. Daqui! Eduardo Pellegrini, Paulo Mendes e Americo Portugal. E Raul Bopp? E' um colosso! A elle devo immenso! A rede telegraphica mais possante da verdade brasileira. Eis um trecho de carta sua a proposito da fundação que ora tentamos de um Club de Antropofagia e de uma grande festa que proponho para a vespera de 12 de Outubro. E' uma carta a Jurandyr Manfredini, de Curityba, publicada a 2 de Setembro na Gazeta do Povo, dali. Depois de delinhar os argumentos do grilo — base do direito patrio eil-o que diz:

"Comemos o resto do Territorio."

Ahi está a lição do nosso Direito. Devemos nos plasmar nessas origens historicas.

Revisão da religião. O nosso povo tem um temperamento supersticioso, religioso. Não contrariemos. Vamos crear a santoria brasileira: Nossa Senhora das Cobras, Santo Antonio das Moças Tristes, tudo isso... Admittir a macumba e a missa do gallo. Tudo no fundo é a mesma cousa. O instincto acima de tudo. O indio como expressão maxima. Educação de selva. Sensibilidade aprendendo com a terra. O Amor natural fóra da civilização, apparatosa e polpuda. Indio simples: instinctivo. (Só comia o forte).

E' a communhão adoptada por todas as religiões. O indio commungava a carne viva, real. O catholicismo instituio a mesma cousa, porém acovardou-se, mascarando o nosso symbolo. Veja só que vigor: — Lá vem a nossa comida pulando! E a "comida" dizia: come essa carne porque vae sentir nella o gosto do sangue dos teus antepassados.

(Só comiam os fortes). Hans Staden salvou-se porque chorou. O club de Antropophagia quer agregar todos os elementos serios. Precisamos rever tudo — o idioma, o direito de propriedade, a familia, a necessidade do divorcio —, escrever como se fala, sinceridade maxima.

(O macunaima é a maior obra nacional. Você precisa lêr. Macunaima em estado de ebulição. Depois isso cóa-se. Toma festim moderado, com saldo a favor). Vamos fazer um levantamento topographico da moral brasileira, a funda sexualidade do nosso povo. Vamos rever a historia, daqui e da Europa. Festejar o dia 11 de Outubro, o ultimo dia da America livre, pura, descolombisada, encantada e brévia".

Quanto ao equivôco de se pensar que eu quero é a tanga, affirmo e provarei que todo progresso real humano é patrimonio do homem antropofagico (Galileu, Fulton etc.). De resto, Bernardi Shaw já disse: Está mais proximo do homem natural quem come caviar com gosto do que quem se abstem de alcool por principio. E' isso!

O HOMEM DO POVO

direcção do homem do povo

editor: alvaro moreyra

secretarios: pagú e queiroz lima

| anno I | são paulo, 27 de março de 1931 | num. 1 |

a cidade, o paiz, o planeta

ordem e progresso

Não temos generaes nem prophetas. Somos a opinião livre mas bem informada.

Sabemos nos collocar no espaço-tempo.

Sabemos que existe em S. Paulo uma corrente separatista que prefere a occupação estrangeira á evolução do Brasil na direcção do esforço do mundo pela guerra e pela recolocação social.

Sabemos que nas fronteiras do sul existe um grande chefe capaz de criar uma aventura de caracter romantico popular.

Sabemos que o partido communista, auxiliado pelos factos, prepara as massas das officinas e dos campos, enquanto a resistencia Kulak se forma na atarefamento natural dos latifundios. Nesse sector o determinismo historico se bipartia e defronta.

Sabemos que as mysticas estumaçam ruinas no Nordeste, capadores no Sul, indifferenciaes o Oeste, capitães imperialistas no nosso mar, cangaceiros... Eis ahi o caminho de um todo o aqui. Nella se encontram os que arremattando ser da esquerda, não passam de direitistas confusos.

Entre uns e outros nos collocamos com sua immensa e clara sympathia pelas reivindicações da nova gente explorada.

Nosso programma é simples — basta entrarmos na nossa bandeira. Dar vida, força e sentido a um lemma que até hontem parecia vasio e tronico — ORDEM E PROGRESSO. Milagre das ideias chamadas subversivas!

Queremos a revolução nacional como etapa da harmonia planetaria que nos promette a era da maquina.

Contra os grandes trusts parasitarios que vivem do nosso banho turco de povo lavrador. Queremos a moderada technica e por tanto a efficiencia americana. Admiramos a Russia actual, pois desordenadas ainda, temos que respeitar as suas tentativas de producção economica e contra a cobra-capa da producção capitalista. Ordem economica, progresso technico e social. Em 1923, a Russia tinha um deficit de perto de 5 milhões de rubles na sua metalurgia, enquanto propriamente espantosamente as brasseries e os pequenos bars. Se qualquer país capitalista, orientado pelas forças cegas do mercado e pela ganancia

anarquia da offerta e da procura, os bars teriam prosperado como o café aqui sob a estreita vigilancia dos srs. Louard Brothers e teria perecido a metalurgia.

Mas na Patria de Lenine deu-se o contrario. Nunca houve super-producção de casas de pasto e a metalurgia que a principio foi subsidiada, controla hoje as maravilhosas realidades do plano quinquenal.

Aqui os capitaes estrangeiros deformaram extraordinariamente a nossa economia.

Um paiz que possue a maior reserva de ferro e o mais alto potencial hydraulico, ficaram um paiz de sobremesa. Café, assucar, fumo, bananas!

Que nos sobram do menos de bananal!

Os capitaes estrangeiros compraram as quedas d'agua e esperam um cordeiro de maior arrivismo colonial que passou a ser o alho dos quetaes — um dos melhores mercados para os seus productos e chocolates.

Sendo assim, o ouro entra pelo café e sahe pelo escapamento dos automoveis. Gastamos trezentos mil contos por anno em pneus barata, enquanto nos paredes a absurda a borracha e a baixada do alcool-motor permanece...

A nossa capacidade interna de consumo de café (40 milhões de habitantes) seria normalmente de 3 milhões de saccas por anno. Mas quem foi que disse que o paulista ou qualquer outro litoraneo rico jamais se encarregaria cumprir lyricamente com as populações estomacadas do Nordeste ou com os cruzes recentes de Mister Ford? Protegemos o sol de Hespanha contra a producção dos inimigos do Rio Grande do Norte. Commemoramos a festa da California. bocalisa e serdinha mas mantemos na má vontade dos niveis baixos e productor das melhores frutas de mundo e o pescador do furto peixe dos nossos rios e do nosso mar. Se não compramos nada dos outros Estados, é mais que logico que estamos engajados com 22 milhões de saccas de café, inclusive a pedra!

E essa é a situação do Brasil, onde o HOMEM DO POVO se situa para dizer o que HOMEM DO POVO quer.

oswald de andrade

da industria da caridade ao regime dos emprestimos

Os infelizes que se nos deparam em cada esquina, de não estender um nickel para matar a fome, compor costuras com uma cara de incoherencia — a escrola organizada pelo clericalismo é aqui a grande industrial caridade — a progresso manufactureiro nos contrarias, ordens, irmandades, etc. acabam por aniquilar o esforço dos humildes peditores.

Pexerra-se o Brasil de Norte a Sul. Não ha cidade, villa, arraial provado que escape aos pedinchões de Ismael. Dominia o hábito. E a "Standard Oil" da pedinchaia. Assim como a empresa de poderosíssimo Rockfeller instala bombas de gazolina em cada curva da estrada, em cada canto das cidades, a pecorrida claramente de seus agentes por toda parte, enchando-lhe o ovinha de olma consumerjada, a tem do voz pungivo, a passividade que vence os corações mais endurecidos.

Um vexe, accorda em duida para casa pelo se transforma em nova forma de extinguir. Quando o publico se levanta encuberto, espantasse, apertando os cordões da bolsa, os miseraveis se accorrem das linhas invisibilitas a que ninguem sabe resistir. E tempos por dia o "Dia da margarida", o "Dia do cravo", o "Dia da orchidea". Os dias em que o palavra e não sabemos que uma meliques malandros para explorar a libido do brasileiro. E fato, poroco se sabe, e capaz de resistir a tuto, menos a um sorriso de "meliqueirosa". Brasileiro por mas — o que é coisa mesmo por nada se com: E o nosso fraco, que querem?

Pois, a famosa Ordem dos Beneducidos, com pensando para o Brasil se debate aos garras negras da crisa, não hesitou em cá precisamos entrar as amarras em torno para o estrangeiro, afim de salvar e cambiar da tragedicismo em que se acha. A Ordem dos Beneducidos, vem contrahir um emprestimo de 400.000 contos na Suissa. Triunfando nos compatriotas de Guilherme Tell, de bens patrimoniaes da Jesuita do Rio da Janeiro. A historia dessa hypotheca é uma coisa complicadissima que, num mais vagar teremos de contar do publico. Sabe-se, afinal, que a situação financeira da Abadia carioca é tão comprometida que por sua aberto de churras chamou-se a larga. Para conseguir a licença do Governo, afim de levar a tal operação com os ursinos, os beneducidos, que são de muito longe, e ponca paciencia invertaram umas historetas de arrecadas de Penducito, entrado de ladagem e outras patronhas. Tudo muito mel contado...

O que nos salvemos, o que os mais ingenuos pretendem, é isto: tal emprestimo reporta novos, de jumez para o externos e, no estudo em que se achavam as taes financas beneducidas, e também uma notavel aqüinação immoveisdora das 4.000 odhoras, que além de todos serão para tapar buracos e que buracos!

Os juros e parcellas destinadas á amortização, fatalmente terão de sohir de "escunda de povo", daqui do coronel Pulgencio de algum mentroso de benediciano no redaformo de fuira emendando-se...

De mendigos na tháticos vão ser arrasados desta vez...

os desoccupados

Uma notavel entrevista

Ha curiosos aspectos do problema dos sem-trabalho na Inglaterra e no mundo. Por exemplo, ha duas classes de desoccupados — uns que passam fome, roem osso de presunto nas sargetas, não têm, nem comida para si nem remedio para os filhos doentes; outros que viajam, fazem caçadas na Africa, com todas as garantias, tomam carrapanas de whisky, doem bezerras rematarnaos, e cacam cos cavallos de melhor trote.

Com uma destas desesperadas victimas da crise, um jornalista teve a idéa de palestrar, afim de saber do que elle gostava. Eis o que o fera respondeu:

O desoccupado não supporta ostentação de accommodações exaggeradas. Prefere o simples conforto ao luxo. Offereçam-lhe um dormitorio arejado, simples, mas muito espaçoso. O leito deve ser largo, a fim de que regidamente desencarregado de moveis e accessorios inuteis. O desoccupado ama um dormitorio confortavel, em que tenha a sua hora "pessoal", para dar liberdade e alegria a sua imaginação. Jámais se levanta passadas as 8 horas. E, então, o que mais ambiciona é um banho morno, um excellente banho de immersão, seguido de estimulante ducha. Os seus perfumados, no banho, são tidos pelo desoccupado como flagello. Após o banho não-disperta a meia hora de gymnastica. Prefere o almoço serviço na intimidade do seu apartamento. São os seus famosos creaces de uns no "breakfast", torradas, frutas frescas e café.

A grande paixão esportiva do desoccupado actualmente, ainda e a golf. E o seu maior desvanecimento e entreter o golfer de bó marca. E o que mais o lisongea.

O menú do lunch, preferido: filet de peixe ou frango, legumes, modesta fatia de doce e fruta.

As tardes do desoccupado devem ser allegres, tonificadas de passeio, é um tanto alheiadas do protocollo. Gosta do contacto com o povo. E nessa parte do dia a sua paixão esportiva é o tennis. Em todo o caso a equitação é o seu segundo bom esporte. E sobre uma sella, covalgando bom animal, deixa se escoarem facilmente, umas quatro horas.

E a bebida? Como bom inglez, a preferencia do desoccupado é o "wisky and soda".

expediente

Redacção do Homem do Povo
Praça da Se 9 B

Telephone 2-2060

assignaturas 40$000
preço de venda 200 reis

PIADAS PARA LACTANTES

— A censura prohibiu as noticias sobre a elegancia do Principe de Galles.

— Porque?

— Perturba a marinha.

à disposição do principe

Ao lado esquerdo, a publicação de "Ordem e progresso", na primeira edição da revista *O Homem do Povo*, em 1931.

REFERÊNCIAS

≈≈≈

REFERÊNCIAS

Por ordem de aparecimento dos textos:

- Escolas & Ideias (notas para um possível prefácio). *Klaxon*, São Paulo, n. 2, jun. 1922.

- Manifesto da Poesia Paul-Brasil. *Correio da Manhã*, Rio de Janeiro, n. 3, p. 5, 18 mar. 1924.

- Manifesto Antropófago. *Revista de Antropofagia*, São Paulo, ano I, n. 1, p. 3 e 7, maio 1928.

- Falação. In: *Pau Brasil*. Paris: Au Sans Pareil, 1925. p. 18-21.

- Esquema ao Tristão de Athayde. *Revista de Antropofagia*, São Paulo, 1. dentição, n. 5, p. 3, set. 1928.

- Porque como. *Revista de Antropofagia*, Diário de S. Paulo, São Paulo, 2. dentição, n. 6, p. 10, 24 abr. 1929.

- Uma adesão que não nos interessa. *Revista de Antropofagia*, Diário de S. Paulo, São Paulo, 2. dentição, n. 10, p. 10, 12 jun. 1929.

- Primeiro Congresso Brasileiro de Antropofagia. *Revista de Antropofagia*, Diário de S. Paulo, São Paulo, 2. dentição, n. 15, p. 12, 19 jul. 1929.

- Ordem e progresso. *O Homem do Povo*, São Paulo, n. 1, p. 1, 27 mar. 1931.

CRONOLOGIA

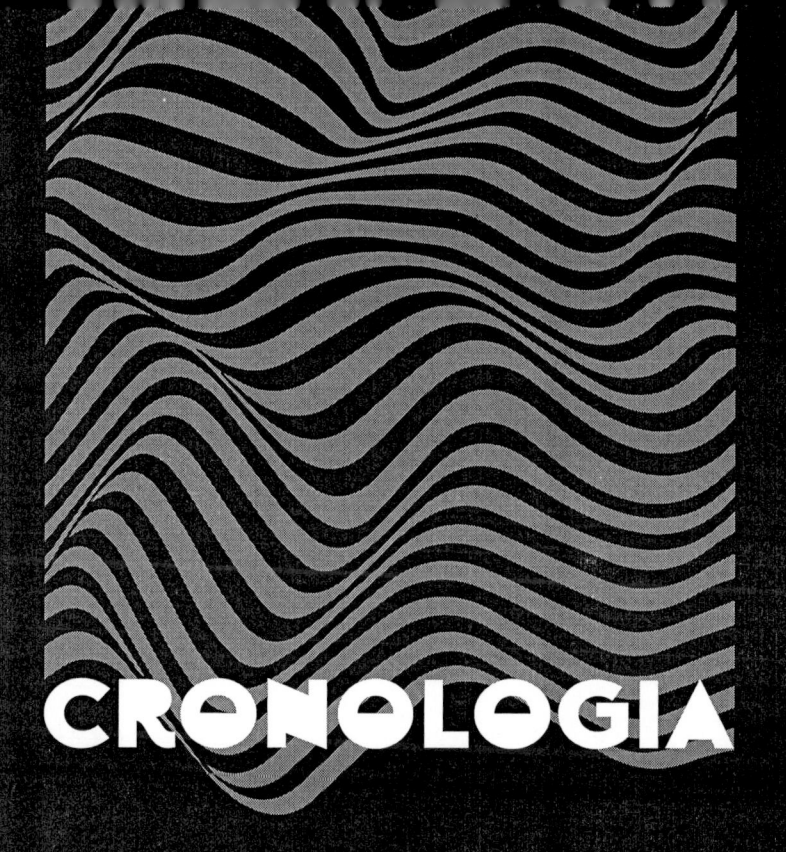

≈≈≈

CRONOLOGIA

1890 – Nasce José Oswald de Souza Andrade, em 11 de janeiro, na cidade de São Paulo.

≈

1911 – Funda a revista semanal *O Pirralho*, que ele dirigiu ao lado de Alcântara Machado e Juó Bananère e contava com a colaboração do pintor Di Cavalcanti.

≈

1912 – Passa uma temporada na Europa, onde teve contato com o futurismo ítalo-francês e com a boemia estudantil.

1914 – Nasce seu primeiro filho, com a francesa Henriette Denise Boufflers.

1918 – Forma-se em Direito, dedica-se ao jornalismo literário, contribuindo com artigos para diversos jornais, como o *Correio da Manhã*, *Correio Paulistano*, *Diário Popular* e *O Estado de S. Paulo*.

1922 – Forma, ao lado de Mário de Andrade, Anita Malfatti, Menotti Del Picchia e Tarsila do Amaral, o chamado "Grupo dos Cinco", que idealizou e organizou a Semana de Arte Moderna de 1922, no Theatro Municipal de São Paulo, evento que marcou o início do modernismo brasileiro. Estreia na prosa com o livro *Os condenados*, primeiro volume da "Trilogia do Exílio".

1924 – Publica "Manifesto da Poesia Pau-Brasil", no *Correio da Manhã*, que se tornou um marco na época. Publica o romance *Memórias sentimentais de João Miramar*.

〰

1925 – Em Paris, Oswald de Andrade lança *Pau-Brasil*, livro de poemas ilustrado pela pintora Tarsila do Amaral.

〰

1926 – Casa-se com a pintora Tarsila do Amaral. Neste mesmo ano, nasce sua filha Dulce.

〰

1927 – Ao lado de Tarsila do Amaral, funda o "Movimento Antropofágico", que abrange a literatura e a pintura.

〰

1928 – Publica o "Manifesto Antropófago" na primeira edição da *Revista de Antropofagia*, fundada por Antônio de Alcântara Machado e Raul Bopp.

1929 – Filia-se ao Partido Comunista Brasileiro (PCB). No mesmo período, conhece a intelectual, escritora e militante política Patrícia Galvão (Pagu).

1931 – Casa-se com Patrícia Galvão e funda, ao lado de sua nova esposa, o jornal *O Homem do Povo*, de cunho militante. No periódico, manifestava seu ativismo comunista, expunha críticas sociais, defendia a causa operária e fazia sátiras à sociedade capitalista e à elite, promovendo um debate político e polêmico para a época.

1945 – Obtém o título de livre-docente pela Universidade de São Paulo, com a tese *A crise da filosofia messiânica*. Neste mesmo ano, rompe com o PCB.

CRONOLOGIA

1944 – Casa-se com Maria Antonieta D'Aikmin, com quem permaneceu até o final de sua vida.

〰️

1954 – No dia 22 de outubro, falece de infarto, aos 64 anos, em seu quarto, na cidade de São Paulo.